句集

もりあをがへる

島雅子

朔出版

句集　もりあをがへる　目次

装丁　奥村靫正／ＴＳＴＪ
装画　佐々木風吹

句集　もりあをがへる

Ⅰ　羽衣椿

五十六句

羽衣椿さくといつでも雪がくる
日の本の見立てはこれぞ花に鳥

物語して花びらの舞つてをり

電柱のやうな男に春が来る

川がありある春の別れかな

夕暮れや赤き椿が重くなる

命名は風吹《ふぶき》みどりの風がすぐ

麦秋の瞑れば身の撓ひけり

けりけりと言ひ放ちけり梟のこゑ

育児記録棄つる決心椎匂ふ

夕顔の鬓に微風のとどまりぬ

林立のマストふたりに晩夏くる

香水瓶底まで乾く不眠かな

冷奴遊ぶ相手に物足らぬ

河骨の闇の底から立ち上がる
日本を濯ぎて蟬の哭きにけり

蛇穴に私小説めく身八口

かまつかに冥界の風自在なる

野紺菊風のかたちを束ねをり

凹みより風をくり出す真葛原

さはやかに夢殿けふも古りゆけり

曼珠沙華うれしきときの猫の髭

天の川座棺に終の正座かな

台風来なによりも先づ飯を炊け

兄の死を母には言へず栗の飯

痛恨のありたけを買ふ秋薔薇

白雲木けふは秋蚊のきてをりぬ

かなしびをかたちにできず秋蚊打つ

水引の花われもまた見舞妻

秋の浜まで神戸周子さんと歩く

本物の狐はこんと鳴きませぬ
とりあへず今ここわれは煤逃中

持たされて朮火廻すとき無言

あさつてへ転がつてゆく毛糸玉

あの少年か氷割る音がまた

哀しみにも序列のあるや寒卵

根深汁愚妻悪妻なに毒婦

一粒の福豆しかと握りしむ

古りぬるが宜しきおひと梅の花

水笛の水転がりて春生る

菠薐草畑で少女くすくすくすくす

諷詠の友ゐてけふの花筵

先生と聴く暮六つの鐘も春

鷹鳩と化し轟沈といふ眠り

雪平の把手が抜けて鶯や

看取るとはつづけることよ鳥雲に

えいぷりるふーるけふだけは死ぬな
香水はサムライ老犬の名はむさし

海の日の海より碧きプールかな

深秋の阿修羅の眉間母恋ふや

一身上の都合にあらず鳥渡る

クリスマスローズはじめての招待状

大桟橋に帰航のＡＳＵＫＡクリスマス

雪見せりはじめて雪を見る猫と

紙にある温みや雪の積もるらし
音の消ゆ雪の明りを賜りぬ

II　ビバルディ

五十二句

青き踏むとことん絶望する勇気

古びたるふらここの音もう止めて

子猫の毛なかなか取れぬ喪服かな

元気かの返事鮊子届きたる

河《かは》津《づ》さんと見てゐる河津ざくらかな

永き日の空だの無だの眠くなる

蝶の昼言葉にならぬ舌うごく

魂がすつぽりぬけて春満月

春の月遺体は息をしてをりぬ
黄金週間の輝き遥かうつらうつら

さくらんぼ休符もつとも響きけり

密談めく紳士の苺パフェかな

日本橋銃砲店の燕の子

青胡桃ひとつ詩嚢に放りこむ

佳きことの一つに庭の花南瓜
愛されずして元気なる金魚たち

亡き父に母を届けて夏の月
外さんとすれば風鈴急に鳴る

父の墓濡らす瞬間シュンといふ

鰯雲清瀬に波郷三四二かな

お向ひのいつも見てゐる柚子もらふ

秋寂の蛇腹奏でる夜のタンゴ

丹のいろの机の上の榠樝の実
み吉野の水分《みくまり》神社の榠樝かな

三輪山のしぐれは神の即興か

鯛焼の尾を飲み込んで受賞者席

外套は真つ赤けふは神戸つ子

須磨区須磨浦劇的な冬落日

小海線よその炬燵の部屋が見ゆ
白鍵の輝の手かくすビバルディ

絶品の寒暮光なり瞑目す

おやすみとはさよならのこと冬紅葉

冬三日月ダリの時計をひつかける

胸に棲む青き狼わが荒野

少年は胸に兎を休ませる

わが胸に広場のありぬ白セーター

山の辺の緋色椿の名はひみこ
鳥交る只事といふ一大事

花びらの降り込む畳赤子置く

卯の花を受くると帚倒しけり

海酸漿祖母の小言のやうに鳴る

昼月へなんぢやもんぢやは白を噴く

十本の茅《ちがや》の軽さ鋍ちまき
水盤の射干前に畏まる

京都大丸大食堂のソーダ水
定位置や守宮の腹と夜の猫

薄紅葉歌ふやうなる「おいでやす」

かまつかを見つめ過ぎたり吾が消ゆ

雪くるかシの音はドを恋しがる

鰤のあら煮美しく喰ひ失業中

根の国ややまと盆地に雪がふる

うずうずと詩が立ち上がる霜柱

III　沙漠の星

四十八句

四月馬鹿家族写真のために笑む
一人静と夫に教へて褒めらるる

合歓の花あのねと言へる人が居る
六月の妙に明るき癌病棟

短夜を覚めをる癌よ俺は寝る

爆音がうるさい蟻が這うてゐる

夜の秋や紅絹を裂くときもみの声

夫傘寿大夕焼けに染まり切る

かんてきの解らぬ夫に秋刀魚焼く

白猫の腹すりてゆく露浄土

下の下とはいまのわたくし蜜柑剝く

極月や末期の夫に「天領水」

享年八十一

「蛍の光」あなたに届け竜の玉

大根真二つ思ひ断ち切りし

家族揃ふお骨の夫もお正月

冬霞落日は溺るるごとくなり

亡き夫と仰いでをりぬ冬の虹

この春は飯こぼしをり淋しさよ

梅二月位牌のあなたおはやぅさん

如月は余白の如くありにけり

願はねば絶望もなし春が来る

淋しいの一言は風半仙戯

花冷えの香炉の灰を平らにす

蓁なあんも悪いことしてへんし

餓鬼のために半分残す豆の飯

父祖の地は麦の秋なり素泊りす

紫陽花やこの身は水の器なり

わがルーツ南朝にあり葛ざくら

孟宗竹皮脱ぐ累代之墓前

だんだんに手足大きく踊るなり

八月の座敷童子や母が来る

住職の嫁ぞ理系でばつたんこ

墓石にも朝の表情小鳥くる

秋冷のおよぶ柱に身をまかす

も一人のわたしは佐々木南瓜煮る

全力で生きるや唐辛子曲がる

歓んで風の余白の木の実かな

遥かなる月に呼ばれて生まれしや

指笛に応ふ銀漢濃かりけり

水引草しごく一粒づつ響く

落葉踏むわたしがわたしであるために

布団干すどの子も不良にならぬやう

綿虫をくぐり元気に年をとる

暮早しけふの手足でありにけり

鯛焼の三つもけふの大事なり

水餅やさびしきものを捨てました

梟は沙漠の星を知つてゐる
逢ひたくば死ぬほかなくて春の風

Ⅳ　木菟の耳

五十三句

伊邪那美の神に応へて囀れる
あたたかや母の縫目のつづくなり

つらつら椿赤きつばきの風の奥
失ひし刻のかけらが陽炎へる

鷹夫忌のけふこれほどの花吹雪

朴一花最初に指す人に光る

師系とは師とはひたすら滴れり

恋しくて水に垂れたる青胡桃

潮騒を枕にすなり晶子の忌

黒揚羽たちまちわれも翳りけり

みなづきの流るるやうに暮れにけり
おもふさま日に焼けおもふさま笑ふ

一つ家の月下美人に殺めらる

静かなる怒りは深し仏桑花

死亡者に夫も加はる広島忌

被爆者の証言しづか秋の蟬

つくつくし被爆認定死後届く

蟬しぐれ被爆せし夫更に思ふ

団栗ひとつ被爆者二世の席

三角の天辺に秋風見鶏

手を拭いて夕かなかなを聞きに出る

秋瀑の高きに心耳聡くあり

少年と犬が月夜の逃亡者

林檎ひとつ命のごとく皿にあり

役行者神変大菩薩木菟の耳

生き生きて死に死にて今朝葱刻む

大掃除『カチカチ山』に中断す

臘梅のまなことなりぬきつね雨

永眠の儀式はしづか春の雪

四月馬鹿なり万力の力なり

春光をぱちんと弾く赤ん坊

憲法記念日靴下に左右

上り窯に火を入れるとき仏法僧

水玉のハンカチーフに包みし詩

わたくしもある種の化石聖五月

直筆の源氏物語かもほたる

やさし過ぎが罪なることも水中花

冷し瓜逆らはずして痩せにけり

山百合の白攻めてくる風の中

家系図の空白螻蛄の鳴きにけり

まつすぐに立つてゐたい木秋の風

白桔梗淡交といふ美学かな

冬瓜に変身したる夫かな

月上る秘色は彩を深めたり

月光をあつめて太る黒葡萄

秋風かの師の声そして世阿弥論

江ノ電の通過の後のねこじゃらし
運動会終り家族の日が終る

手で包む小さな秋のランプかな

伏流の出口はひそか冬がくる

霜夜なり肉池の青がてらてらす

日記はじめ石田波郷の句も記す

ふらここや恋せよと父髪撫でき

V　あんぷ演奏

四十八句

後の世を何に遊ばんほーほけきよ

青森のかの煙草屋も消えて春

あをもりのもりあをがへるあをがへる

津軽人のこれが情つ張りさくらんぼ

ぷつくりと白き夕べの花みかん
マジョリカの水指の青更衣

蝸牛枝に這ふ日や第九条

マリア月這ふものは尾を賜るや

貸竿の突つたつてゐる薄暑かな

蛍の夜幼子だけに見ゆるもの

あまりにも静か蛍火の百は
月涼しピアノに眠る羊たち

死にきるは一大事なりところてん

ピストルを欲る椿の実握りしめ

生家とは井戸の西瓜が待つてゐる

体幹はかくありたしや白桔梗

だまし船帆を持たさるる指の冷ゆ

苦手なものに暗譜演奏赤い羽根

頑張っても猫にはなれず柚子は黄に

高きには水は流れず石蕗の花

神留守の菓子屋の御用聞きが来る

ひとり居にひとりの寒さありにけり

叱らるることを知らぬ子狐啼く

ブルドッグの愛によろめく白セーター

刑法の頁めくれる大嘘
オーバーも帽子も黒でもの申す

今朝の冬木の根が水道管破る
セーターの破れも君は詩人です

恵方とは夫在るところ天仰ぐ

潮騒の午後となりけり鳥総松

かたかごのさびさびとあり詩人の死

亡き母をおもへばうすらひあかりかな

存問の言の葉ひかる椿餅

紫荊心の中に人を消す

女ふらりカチカチ山の蕨喰ひ

苔の花夜は霊界と交信す

十薬の陣粛々と夜を攻める

神々に偏愛あるや蔓

天性を全うしたる蜥蜴の尾
白猫の手足揃へるすずしさよ

反骨の男の背中浮いてこい

私淑てふ涼しきけふの墓前かな

秋風や腕時計だけ生きてゐる

月光に一椀の白湯匂ひたつ

凍鶴の脚を上ぐるはさびしいか

寒いねと隣に居ないひとが言ふ

冬たんぽぽフユタンポポと晴れわたる

寒林の奥の光に呼ばれけり

VI 光芒

五十二句

はるかなる子盗ろことろ花しづめ

きざはしの千年に落つ紅椿

墨をする斜めに春の昼を摩る
花貝母母衣《ほろ》のかげりに眠りたし

遅き日や蔵の木箱の釘を抜く

鳥雲に大日本と記す木箱

水陰のたつぷりの青勿忘草

花ミモザ異人の墓は海を向く

囀りや立入禁止だつたのか

藻が咲いて水に模様が生れけり

木耳を水にもどして所在なし

昼顔に海鳴り遠くありにけり

星月夜曼荼羅素数そしてわれ

七夕の竹伐ってくる役目かな

月さして剝製が息してをりぬ

秋風の汀に透ける模様かな

ラの音の狂つたままに泡立草

小鳥来てビオロンの音とどのひぬ

プライドは長き尾にあり月の猫

黄落や光は刻を削りをり

雁の渡り五十日目の空一枚

王様を花野にひとり置いてくる

悼　山口都茂女様

名月へ旅立ちてゆく女面

月煌と手足の鎖ほどけゆく

月光やうらとおもてがすれちがふ

別れつつ流れてゆきし水は秋

鬼灯と季寄せ柩にさやうなら
榧の実を拾ふ別れの日となりぬ

小面に紅さしたしや月上がる

律正せしピアノ烏瓜はひとつ

栗拾ひ誘ふ祖母のこゑは風

明日あるを信じ猫抱く石蕗の花

冬の皇帝ダリア遮断機下りる
裸木を抱きて力をもらひけり

手袋の片手出てくる夫の忌

梟に知られてしまふ風邪心地

己《き》亥《がい》歳旦光芒をたぐりよす

夜の葛湯鏡が若くなつてをり

小豆粥ひがひがしきをなされるな

雪見障子『謹訳源氏物語』

冬の風鈴赤電話待つ正午

パラドックス重ねかさねて葱を抜く

冬林檎神様宛の注文書

満目の闇わたくしに白鳥に

胸にひらく落ちない椿紅椿

貌鳥に力が抜けてしまひけり

鬼が云つたそな酒中椿にたましひと

養花天背中を伸ばす団子虫

おぼろ月行李の舟に棹さして

半島の手足が消えて蛙の子

切つぱつまつてつまつて亀はなくや
かごめかごめ急ぐ春でもなからうに

句集　もりあをがへる　畢

あとがき

第一句集『土笛』から十二年余の月日が経った。それは私にとって大切な人達をつぎつぎに見送った日々でもあった。平成二十四年十二月に夫を亡くし、翌年の四月、鈴木鷹夫先生のご逝去により、作句の柱をも失った頃が最も辛かった。独りになり、寂々とした時間を重ねる数年を経て、否応なく今の自分に気付きつつある。この句集は今は亡き父母への感謝と、大切な人達への報告のつもりでもある。

日常にいま在ることの尊さ、不思議さ。ふとした出来事はいつかどこかで繋がっていたりもする。毎日が即興で新しい。日常を詠み、時空を超える表現が出来た時、どんな喜びに出会えるか、俳句形式を信じて詠み続けたい。

句集名を『もりあをがへる』としたのは、深山の夕方、ぼんやりと池をみつめている私に、「森青ガエルです」と静かな声で教えてくれた少年がいた。チェコで生まれたというその少年との透明な時間を句集名にして記憶にとどめておきたかったからである。

「門」の鈴木節子主宰には、日頃から句会での懇切なご指導をいただき、御礼申し上げます。また、鳥居真里子副主宰には、句集をまとめるにあたり、選句のご指導とあたたかな励まし、栞文をご執筆いただきました。ありがとうございました。そして、「ににん」代表の岩淵喜代子様、「運河」副主宰の谷口智行様にも栞文をいただきましたことに深く感謝申し上げます。

句友の皆様、これからもどうぞよろしくお願いいたします。

句集出版に際しましては　朔出版の鈴木忍様に大変お世話になりました。

最後に、夫亡き後を支えてくれた家族と、表紙絵を描いてくれた孫の風吹にありがとうを言います。

令和元年七月七日

島　雅子

著者略歴

島　雅子（しま　まさこ）　　本名　佐々木　雅

1940 年　兵庫県神戸市御影に生まれる
1998 年　「門」入会　鈴木鷹夫に師事
2007 年　句集『土笛』上梓
2009 年　「門」賞受賞
　　　　第一回清瀬市石田波郷俳句大会大賞受賞
2012 年　第四回清瀬市石田波郷俳句大会大賞受賞

現在　　「門」同人　「ににん」同人　俳人協会会員

現住所　〒 252-0311　神奈川県相模原市南区東林間 7-19-7

句集　もりあをがへる

2019年9月26日　初版発行

著　者　　島　雅子

発行者　　鈴木　忍
発行所　　株式会社 朔《さく》出版
郵便番号173-0021
東京都板橋区弥生町49-12-501
電話　03-5926-4386
振替　00140-0-673315
https://www.saku-shuppan.com/
E-mail　info@saku-pub.com

印刷製本　中央精版印刷株式会社

ISBN978-4-908978-26-5　C0092